tredition®
www.tredition.de

AF398949

Christian Däullary

Die Summe aller Farben

Erzählungen

Verlag und Druck:
tredition GmbH, Halenreie 40-44, 22359 Hamburg

ISBN
Paperback: 978-3-347-32209-7
Hardcover: 978-3-347-32210-3
e-Book: 978-3-347-32211-0

„Den musst du lieben,
den als deinen Freund behalten,
der dich auch dann nicht verlässt,
wenn dich alles verlässt,
und der dich nicht zugrunde gehen lässt,
wenn alles andere zugrunde geht."

Thomas von Kempen

Die Verfügung

Nach elf Tagen und sieben Stunden erwachte ich aus dem Koma. Vor mir sah ich deutlich das Bild aus meinem Traum: Die Blumenwiese, auf der ich mit Ilse das erste Mal verabredet war. Sogar den Duft von ausgedörrtem Gras in der brütenden Sommersonne konnte ich deutlich riechen. Ich meinte auch, eine Grille zirpen zu hören. Erst als ich mich am Abend wieder an die ersten Gedanken nach meinem Erwachen erinnerte, fiel mir auf, dass ich das Zischen des Sauerstoffgerätes für das Zirpen der Grillen gehalten hatte. Ilse saß neben mir am Krankenbett und hielt meine linke Hand fest in der ihren. Ihre Finger lagen auf meinem Handrücken und bedeckten den Großteil meiner zahlreichen Altersflecke. Ilse hielt den Kopf leicht zur Seite geneigt. Während sie schlief, spielte sie unbewusst mit der Haut auf meinem Handrücken. Mit Daumen und Zeigefinger eine Zange bildend, fuhr sie über meine lederne Haut, als wolle sie mich kneifen. Sie sah sehr erschöpft aus, diese wunderschöne alte Frau, mit der ich nun seit fast 60 Jahren verheiratet war. Wie lange sie hier schon neben mir ausharrte, vermochte ich nicht zu sagen. Ich wusste ja noch nicht einmal, wo ich mich befand. Ich betrachtete lange ihr faltenreiches, wettergegerbtes Gesicht und versuchte die feinen Härchen über ihrer Oberlippe zu zählen. Als Ilse die Augen aufschlug, bemerkte ich, dass ich nicht sprechen konnte. Aus meinem Mund ragte ein Schlauch und verursachte beim ersten Versuch ein unheimliches Glucksen. Ilse hielt mir einen Zeigefinger auf die Lippen und gab mir mit ihrem Gesichtsausdruck zu verstehen, dass ich nicht sprechen sollte. In diesem Moment kam meine Erinnerung wieder. Ich sah deutlich vor mir den Zettel auf dem Küchentisch liegen. Wie lange es her war, dass Ilse und ich die Patientenverfügung verfasst hatten, konnte ich zu dem Zeitpunkt noch nicht abschätzen. Die Worte, die wir zu Papier gebracht hatten, konnte ich mir aber wieder ins Gedächtnis rufen. Wir hatten auf einem DIN A4-Blatt unseren ausdrücklichen Wunsch festgehalten. Für die letzte Phase unseres Lebens sollten keine lebensverlängernden Maßnahmen an uns durchgeführt werden. Im Wortlaut hieß das: Unterlassung von Versuchen zur Wiederbelebung. Ilse hatte für diesen feierlichen Akt im Schreibwarengeschäft von Frau Ackermann drei Bogen feinstes Papier mit Pergamentstruktur gekauft. Ich hatte noch das Kratzen im Ohr, das mein alter Füllfederhalter auf dem Papier verursachte, als Ilse zu sprechen begann. Leise und mit brüchiger Stimme erzählte sie mir von meinem Herzinfarkt. Als ich vor elf Tagen am Küchentisch plötzlich zusammengebrochen war, hatte sie wie selbstverständlich den Notarzt gerufen. Sie hatten den Sanitätern und dem jungen Arzt, die kurz darauf in unserer Küche um mein Leben kämpften, die Patientenverfügung vorenthalten und meiner Vergänglichkeit dadurch Aufschub gewährt. Fast die ganze Zeit, während ich im Koma lag, saß sie neben mir am Krankenbett und hatte unsere Verfügung in ihrer Handtasche. Ilse versuchte verzweifelt, sich für den

Bruch unserer Abmachung zu rechtfertigen. Sie sah den Zeitpunkt noch nicht gekommen, sich von mir nach all den Jahren zu verabschieden und drückte hilflos meine Hand. Ich war nie ein Mann der großen Worte und in all den Jahren habe ich Ilse kein einziges Mal gesagt, wie fundamental und gewaltig meine Gefühle für sie sind. Vielleicht hätte ich es zu diesem Zeitpunkt das erste Mal getan, wäre ich dazu in der Lage gewesen. Ilse legte mir den sorgfältig zweimal gefalteten Bogen Pergamentpapier auf den Schoß. Sie sagte kein Wort mehr, bis ich die Augen schloss. Ich war im nächsten Augenblick zurück auf unserer Blumenwiese hinter der Dorfkirche. Von weit her hörte ich Ilses vertraute Stimme. Sie sprach davon, wie wir bald wieder ein Picknick auf unserer Wiese machen und was wir dazu alles in den Korb packen würden. Es schien, als hätten sich die Bilder durch meine geschlossenen Augenlider hindurch auf ihre Lippen übertragen. Im gleichen Augenblick nahm ich den Zettel, der immer noch auf meinem Schoß lag, in beide Hände. Ich zerrte und riss so gut es ging daran.

10

Als ich meine Hand in Ilses Schoß legte, spürte ich einen kleinen, warmen Tropfen auf meinem Handrücken auftreffen.

Taribos Spur

Ich nahm das Medaillon und bettete es wie Blattgold in meine Handfläche. Nachdem ich den Deckel vorsichtig öffnete, starrten mich die schwarzen Augen des fremden Mädchens wie durch ein Kaleidoskop an. Ich wusste, dass es richtig war. Meike konnte bis zu meiner Abreise nicht verstehen, wie ich dorthin zurückkehren konnte, wo ich drei Wochen auf einem Schiff festgehalten worden war. Ich schloss den Deckel, hüllte das Medaillon in das Kissen meiner Hand und ließ meine Augen über das kupferbraune, durstige Land gleiten. Die Luft über den Hügeln der Provinz Agrigento flimmerte in der Hitze wie über einem Hochofen. Olivenbäume verwischten vor meinen Augen zu Alleen. Je weiter ich meinen Zoom in die Ferne richtete, desto starrer wurde das Land. Ein Wolkenband aus tausend weißen Kaninchen hing wie eine Strickweste über der Gegend. Die Sonne schuf ein Meisterwerk aus frischem Licht. Das

Schreien und Knattern der Eisenräder auf den Schienen wurde leiser. Häuser mit geschlossenen Augenlidern fielen in mein Blickfeld. Wir näherten uns Agrigento Bassa. Das Hemd klebte an meinem Rücken. Die Luft war schwanger von Fußschweiß, Teer und frischem Basilikum. Im hinteren Teil steckte sich ein alter Mann eine Pfeife an. Grauer Qualm bahnte sich wie eine Böenwalze den Weg an meine Nase. Ich blickte aus dem Fenster und erkannte, dass wir in den Bahnhof einfuhren. Meine Augen wurden wach gebremst und blieben an einem Plakat hängen. Ein kleines, dunkelhäutiges Mädchen, die Augen so groß wie Polarlichter, sah direkt in mein Gehirn. Ihr Bauch war aufgebläht wie der Leib einer vollgesogenen Zecke. Auf der schweißbenetzten Stirn machten sich zwei TseTsefliegen zu schaffen. Ich senkte meine Miene. Zwei Minuten später stand ich am Bahnsteig und kam mir vor wie Marco Polo am Hof des Kublai Khan. Ich ließ mir eine muntere Brise um die schweißnassen Haare wehen, schulterte mein

Marschgepäck und machte mich mit den Beinen eines Helden auf den Weg nach Porto Empedocle.

Das Erste, was ich damals von Taribo vernahm, war das Spiel auf seiner Mundharmonika. Er lag auf einer Strohmatte auf dem Hauptdeck und spielte eine traurige, afrikanische Weise. Als ich mich über ihn beugte und ihm eine Plastikflasche mit frischem Wasser anbot, schaute er mich mit seinen riesigen, graphitschwarzen Augen an wie Buster Keaton.

Er unterbrach sein Spiel. „Darf ich Sie was fragen?"

Ich war erstaunt und Taribo spürte das. Sein Englisch war fast akzentfrei.

Ohne meine Antwort abzuwarten, fuhr er fort. „Glauben Sie daran, dass alle Menschen die Fähigkeit haben, sich selbst zu erkennen und vernünftig zu denken?"

Taribo schmunzelte, als er meinen entgeisterten Gesichtsausdruck sah. Seine Zähne blendeten mich.

Ich versuchte, sein Lächeln zu erwidern. Vor zwei Tagen hatten wir Taribo zusammen mit sechsunddreißig Schiffbrüchigen vor der westafrikanischen Küste aus dem Meer an Bord der ‚Cap Anamur‘ geholt. Und nun war das Erste, was ich aus dem Mund dieses fremden, schwarzen Mannes vernahm, die Worte eines altgriechischen Philosophen.

Ich konnte meine Verblüffung nicht verbergen. „Ja, das glaube ich. Ich glaube auch an das ewige Werden. Aber woher kennen Sie Heraklit?"

Taribo lachte. „Glauben Sie, dass es in Nigeria nur Sand und Kamele gibt? Stellen Sie sich vor, wir haben auch Bücher."

Porto Empedocle war mit der Nacht ein Bündnis auf Zeit eingegangen. Die Stadt lag im Schlaf wie ein kleines Kind mit einem Teddy im Arm, als ich auf heißen, schmerzenden Fußsohlen ankam. Die Riemen des Rucksackes hätten tiefe Furchen in meine Haut gefressen. Meine Füße pochten vom langen

Fußmarsch und doch war ich voller Zuversicht. Gleich am nächsten Morgen würde ich mich auf Taribos Spur machen. Ich hielt meine Nase in den Wind. Der Geruch von frisch geschnittenem Lauch und gegrillter Dorade regte meinen Speichelfluss an und ließ meinen Magen brummen. Ich hatte seit meiner Landung in Catania nichts mehr gegessen.

Eineinhalb Stunden später trat ich aus der Trattoria ‚Da Marcella' auf die staubige Straße und hielt mir zufrieden den Bauch. Er fühlte sich an wie ein straff gespanntes Trampolin. Ich machte mich auf zum Strand. Den Weg kannte ich noch. Zwischen zwei versperrten Strandkörben richtete ich mir mit dem Rucksack als Kopfkissen ein Nachtlager. Der feine Sand hatte die Hitze des Tages gespeichert und bot eine brauchbare Matratze. Keine zwanzig Minuten später lag ich in tiefstem Schlaf. Ich träumte von Afrika.

Die Bilder, die mir Taribo auf dem Schiff in ausgedehnten Dialogen vermittelt hatte, verfolgten mich in manchen Nächten. Ich stand inmitten eines kleinen Dorfes. Strohgedeckte Hütten bildeten einen Kreis und erinnerten an eine Indianersiedlung. Kinder mit vor Hunger aufgeblähten Bäuchen kamen mit ausgestreckten Armen auf mich zu. Eines von ihnen öffnete den Mund. Hunderte grüne, gierige Heuschrecken krochen heraus.

Als ich aufwachte, spürte ich getrockneten Quarzsand auf meinen Lippen und kratzte mich am Schulterblatt. Meine Armbanduhr zeigte noch nicht ganz fünf Uhr. Die Sonne kämpfte sich gerade durch ein schmales Wolkenband, das auf dem Meer lag wie eine frisch gereinigte Daunendecke. Irgendwo versuchte ein Hahn hartnäckig einen Weckruf. Es gelang ihm nicht. In etwa drei Stunden wollte ich in der Polizeistation von Agrigento sein. Ich drehte mich herum und schloss die Augen.

Taribo war Anfang dreißig, als wir ihn damals bei stechender Hitze an Bord unseres Rettungsschiffes hieften. Die Flüchtlinge waren in einem ebenso erbärmlichen Zustand wie ihr Boot. Keiner von ihnen verfügte über nautische Fähigkeiten und so trieb der überfüllte Kahn im offenen Meer vor der westafrikanischen Küste. Der nächste stärkere Seegang hätte das sichere Ende für die Afrikaner bedeutet. Die meisten hatten vom Salzwasser und der brennenden Sonne aufgeplatzte Lippen und eitrige Pusteln im Gesicht. Der Proviant an Bord war so gut wie aufgebraucht und auch die Süßwasservorräte gingen zur Neige. Umgeben von unerschöpflichen Wassermassen waren einige der Schiffbrüchigen dem Verdursten nahe. Taribo beschrieb die Lage ein paar Tage später mit Heraklits Worten: ,Meerwasser ist das Reinste und das Scheußlichste, für Fische trinkbar und heilsam, für Menschen ungenießbar und verderblich.' Taribo lebte die Philosophie. Ich habe nie wieder einen Menschen getroffen, der so viel über sein Leben, die Liebe, die Natur und über die Menschen nachgedacht hat, wie dieser traurige, afrikanische Mann. Und immer war da Heraklit, bei dem Taribo seine Erklärungen suchte. Er war davon überzeugt, dass jedes Ding zu seinem Sein das Gegenteil benötigt. Lange Nächte wachten wir an Deck der ‚Cap Anamur' vor der Küste Siziliens. In leichte Sommerdecken gehüllt, waren wir vertieft in unsere Gespräche über das Fließen, das Werden und das Vergehen der Dinge.

Nach ein paar Tagen begann Taribo, seine Heimat Nigeria zu beschreiben. Er berichtete von Heuschreckenschwärmen, die in dunklen, bedrohlichen Wolken über die Sahel-Zone herfielen und erst weiterzogen, als kein Blatt mehr an den Sträuchern und Bäumen war. Vor meinen Augen begannen durch Taribos Schilderungen Bilder wie in einem Daumenkino zu leben. Ich sah Heuschreckenschwärme, die sich durch die Strohdächer geschwächter Bauern fraßen und Kinder, die mit prallrunden Bäuchen apathisch im Sand lagen. Hilflose Mütter mit schlaffen Brüsten, die schon lange keine Nahrung für die Kleinsten mehr gaben, hockten im Sand und starrten mich an.

Erst die traurigen Melodien aus Taribos Mundharmonika holten mich zurück auf die ‚Cap Anamur'.

Die wuchtige Eingangstür der Polizeistation klemmte und ich musste mich mit der Schulter dagegenstemmen. Ein lautes Knarren wie von Bäumen im Sturm hallte durch den kühlen Vorraum. Im hinteren Teil des Gebäudes war ein Fenster zum Hof geöffnet. Ein dünner Luftzug trug den Duft von Zitronenmelisse an meine Nase. Ich hielt das goldene Medaillon fest umklammert in meiner rechten Hand. Es musste Taribo damals aus der Tasche gerutscht sein. Als wir nach drei Wochen Blockade endlich die Einlaufgenehmigung für den Hafen von Porto Empedocle erhielten, ging alles sehr schnell. Kaum hatten wir die Leinen festgemacht, wurde unser Schiff von sizilianischen Polizisten geentert. Unsere siebenunddreißig Schützlinge wurden rücksichtslos in Gewahrsam genommen und von Bord geführt wie eine Verbrecherbande. Ich fand Taribos Talisman Tage später unter seiner Strohmatte.

Das Zimmer des Polizeichefs lag im ersten Stock. Ich klopfte mit abgewinkeltem Zeigefinger kräftig gegen die weiß lackierte Holztür. Drinnen murmelte eine kraftlose Frauenstimme etwas, das ich nicht verstand. Ich öffnete zögerlich die Tür und betrat den Raum. Im hinteren Teil des Büros stand ein quadratischer Schreibtisch, an dem eine brünette, elegant gekleidete Frau von etwa fünfzig Jahren saß. Zarte Lachfältchen umwoben ihre sepiabraunen Augen, die sie fragend auf mich gerichtet hatte. „Ja bitte?"

„Mein Name ist Alex Horicka. Ich würde gerne mit dem Polizeichef sprechen."

„Signore Concetti ist einen Moment nach draußen gegangen. Aber nehmen Sie doch Platz. Er wird sicher gleich kommen." Die Sekretärin deutete auf einen alten, mit rostbraunem Leder bezogenen Holzstuhl, der an der Stirnseite eines ausladenden Mahagonischreibtisches stand.

„Vielen Dank!", entgegnete ich und setzte mich auf den Stuhl. Die Sekretärin rückte sich ihre Lesebrille zurecht und vertiefte sich wieder in ihre Akten. Espressoduft streichelte meine Nase. Auf dem Schreibtisch fiel mir ein runder Briefbeschwerer aus schwerem Bleikristall auf, in den eine Magnolienblüte eingegossen war. Das zarte Beige der Blütenblätter erinnerte mich an Meikes Haut und ich konnte ihr fruchtiges Parfüm riechen. Das Ticken der Wanduhr lenkte meinen Blick nach oben. Die Sekunden fielen wie Wassertropfen zu Boden. Es war kurz vor neun. Ich hatte noch nichts gegessen. Die Tagliatelle mit Thunfisch vom Vorabend waren längst durch meinen Darmtrakt gewandert und mein Magen knurrte wie ein sizilianischer Straßenköter.

Das Warten dauerte fünfzehn Minuten. Signore Concetti wuselte in den Raum. Vor mir baute sich ein kleinwüchsiger Mann mit einem mächtigen, graumelierten Schnauzbart auf. Die kohleschwarzen Haare hatte er mit reichlich Frisiercreme glatt nach links gescheitelt. Der Polizeichef steckte in einer schwarzen Uniform mit imposanten Schulterklappen. Die Uniform war ihm ein wenig zu groß. Seine Erscheinung erinnerte mich an den Bösewicht Gargamel, der mit fuchtelnden Armbewegungen den Schlümpfen hinterherrennt. Ich konnte meine Mundwinkel nur schwer von einem Schmunzeln abhalten. Der Sizilianer musste es bemerkt haben. Mit grimmigem Blick sah er mir starr in die Augen. Gleich würde sich herausstellen, ob die Sprachkenntnisse aus meinem Wahlfach ausreichend waren, um einen missmutigen, sizilianischen Polizeibeamten um Hilfe zu bitten.

„Sie wollen was? Habe ich Sie richtig verstanden? Sie möchten den Namen eines illegalen Einwanderers in Erfahrung bringen?" Der Polizist fuhrwerkte wild mit beiden Armen und versprühte dabei eine Fontäne, die im einfallenden Licht schillerte wie der

Regen aus einer Sprinkleranlage. Er ließ sich in den Ledersessel fallen und sah mich an, als ob ich einen Joint in der Hand hätte.

„Ja, richtig. Ich brauche aber auch die Anschrift. Ich muss ihm das hier zurückschicken.“

Ich hielt ihm das Medaillon in meiner ausgestreckten Hand hin. Im Licht der einfallenden Sonne strahlte es wie ein Leuchtfeuer.

„Und dafür reisen Sie extra aus Deutschland hierher?“

„Ja, die Hilfsorganisation konnte mir nicht weiterhelfen. Es ist Taribos Talisman, wissen Sie. Das Bild zeigt seine tote Tochter. Es ist das einzige Bild, das er von ihr hat. Es bedeutet ihm alles. Und er ist sehr abergläubisch!“

Ich war verblüfft über meine Sprachgewandtheit. Die Schreibkraft in der Ecke des Raumes blickte über den Rand ihrer Brille und verfolgte mit beklommener Miene unser Gespräch.

„Verschwinden Sie hier. Raus! Wir hatten schon genug Ärger mit der Sache!", fauchte mich der Gnom an und deutete unmissverständlich auf die Tür.

Ich zögerte einen Augenblick, bemerkte aber schnell, dass es zwecklos war. Als ich die Tür schallend hinter mir ins Schloss fallen ließ, war ich froh, dass er mir nicht seinen Briefbeschwerer an den Kopf geworfen hatte.

Drei Wochen hatte die Blockade der ‚Cap Anamur' vor der Küste Siziliens gedauert. Die Hoffnungslosigkeit der Schiffbrüchigen war von Tag zu Tag deutlicher geworden und wir hatten alle Hände voll zu tun. Dreieinhalb Monate vor den Vorfällen in Italien hatte ich voller Tatendrang für ein halbes Jahr bei der Hilfsorganisation als Krankenpfleger angeheuert. Meine Jungfernfahrt führte uns nach Westafrika. Ich fühlte mich wie Vasco da Gama beim Aufbruch in eine neue Welt. In Gedanken an die „radikale Humanität", der wir uns damals verschrieben hatten, trat ich entmutigt auf die Straße und richtete den Blick zurück Richtung Porto Empedocle. Die Niederlage vor Augen schulterte ich meinen Wanderrucksack. Ich war schon ein paar Schritte gegangen, als ich hinter mir eine Damenstimme hörte.

„Signore!"

Ich drehte mich herum. In der schweren Eingangstür trat die Schreibkraft des Polizeichefs von einem Fuß auf den anderen und winkte mich zu sich heran.

„Sie haben etwas vergessen!"

Ich trat auf die Dame zu und sah sie fragend an. „Vergessen?"

„Ich habe eine kleine Enkelin, wissen Sie. Aber zu niemanden ein Wort, ja?"

Sie steckte mir einen kleinen, gelben Haftnotizzettel zu, auf dem ich zwei Wörter entziffern konnte: Taribo Ogbeche. Ich nahm ihn verstohlen wie ein Drogendealer an mich und verzog die Mundwinkel zu einem Lächeln.

„Vielen Dank, Signora!", war alles, was ich noch sagen konnte.

Keine fünf Sekunden später stand ich allein am Straßenrand. Im ersten Stock des Polizeigebäudes wurde eine Scheibengardine zurechtgerückt. Ich drehte mich herum und wäre beinahe von einer Vespa überfahren worden.

Mit dem Notizzettel in der Hosentasche stürmte ich in Giovannis Internet-Café. Ich nahm an einem kleinen Bistrotisch vor einem Flachbildschirm Platz. Auf der Website der Deutschen Botschaft in Nigeria fand ich eine Nummer und kramte mein Mobiltelefon aus dem Rucksack.

Clarissa Heinrich war sehr argwöhnisch. Die Mitarbeiterin der Botschaft in Abuja hatte die Anweisung, telefonisch keine Auskunft zu geben. Ich erzählte ihr die ganze Geschichte und ließ kein Detail aus. Mehr aus Höflichkeit durfte ich ihr meine Telefonnummer hinterlassen. Nach zehn Minuten beendete ich die Verbindung nach Afrika. Meine Hoffnungen, Taribos Adresse herauszufinden, zerflossen wie eine Kugel Eis in der sizilianischen Sonne. In drei Tagen war mein Rückflug gebucht und Meike sollte Recht behalten.

Die beiden Tage bis zur Abreise verbrachte ich lethargisch am Strand auf meinem Schlafsack. Ich beobachtete spärlich bekleidete Urlauber, die Beach-Volleyball spielten oder ihre ungewürzten Leiber grillen ließen. Krähen machten sich kreischend an einem Rattenkadaver zu schaffen. Vom Meer wurde die Leiche eines alten Turnschuhs an Land gespült. Es roch nach Grünalgen und Sonnencreme. Ich hatte meinen Kopf unter einem T-Shirt begraben.

Das Telefon läutete dreimal, ehe ich es endlich aus der Seitentasche meines Rucksacks gezogen hatte.

„Hallo Herr Horicka, sind Sie das?" Frau Heinrichs Stimme klang so nah, als ob Sie am Münztelefon oben an der Straße stehen würde.

„Hallo, Frau Heinrich. Wie schön, dass Sie anrufen! Haben Sie sich die Sache anders überlegt?"

„Ja, das habe ich. Mir sind die Kinderbäuche nicht mehr aus dem Kopf gegangen."

„Und? Waren Sie erfolgreich bei der Recherche?"

„Ja und nein würde ich sagen."

„Wie meinen Sie denn das?" Ich wurde unruhig und spielte mit der Kordel meines Rucksackes.

„Also machen wir's mal so. Zuerst die gute Nachricht: Ich hab' die Adresse von Herrn Ogbeche herausgefunden."

„Klasse!"

Taribos Gesicht entstand vor meinem geistigen Kino. Ich sah deutlich vor mir seine glänzende, tiefschwarze Haut, die in der Sonne spiegelte und stellte mir den Moment vor, an dem er meinen Brief öffnen würde.

„Und die schlechte?"

„Haben Sie schon einmal was von der Versinkquote gehört? Ein hässliches Wort, ich geb' es zu. Aber ich habe es nicht erfunden."

Ich zuckte die Schultern, als ob ich ein Bildtelefon in Händen hielt.

„Nee, nicht wirklich – nein!"

„Doch, leider. Ich fürchte, ihr nigerianischer Freund hat seine zweite Reise nach Europa nicht überlebt. Die Akte wurde jedenfalls vor zweieinhalb Monaten geschlossen."

Ich nahm das Telefon und hielt es vor mein Gesicht. Wie ein fünfjähriges Kind betrachtete ich das Display, so als ob ich nach der Einstellung suchen würde, mit der man das eben Gehörte löschen konnte.

„Sind Sie noch dran, Alexander?"

„Ja, ja. Ich bin noch da."

Die letzten Worte von Frau Heinrich nahm ich nur noch wie durch einen Schalldämpfer wahr. Ein kleines Mädchen mit schwarzen Zöpfen lief mit einer Eidechse in der Hand lärmend an mir vorbei. Es streckte seinen Bauch heraus. Er sah aus, wie eine vollgesogene Zecke. Ich suchte nach dem Medaillon in meiner Hosentasche. Meine Gedanken aber waren schon auf der Reise. Auf dem Rücken einer Meerschwalbe flogen sie hinaus aufs offene Meer. Direkt nach Afrika, dem brennenden Licht entgegen.

Josefitag

Als Siegmund endlich wieder aus seiner Tür trat, klaffte in der Altstadt direkt vor der Martinskirche ein riesiges Loch. Menschen liefen um das Loch herum, als hätte die Stadt nie anders ausgesehen. Siegmund trat auf die Straße; da fühlte er, wie sich zwei Hände von hinten fest um seine Oberarme schlossen. Er drehte sich herum und sah erschrocken in ein fremdes Gesicht, das ihn ansah, wie einen alten Bekannten.

„Albert? Was …, ähh - wie siehst Du denn aus?"

Siegmund löste sich aus der Umklammerung und trat einen Schritt zurück.

„Lassen Sie mich in Ruhe!", sagte er, drehte sich um und humpelte in Richtung Adolf-Hitler-Platz davon. Als Siegmund den Kopf in den Nacken legte und am mächtigen Backsteinturm von St. Martin in den Himmel über Landshut empor sah, stieg ihm ein stechender Schwefelgeruch in die Nase. Den Krater, den die Sprengbombe am Josefitag vor der Basilika in die Altstadt gerissen hatte, beachtete er nicht.

Die Stadt atmete durch und verdaute ohnmächtig die Reste der Bombenangriffe vom vorigen Tag. Noch immer lag ein dünner Wolkenschleier wie ein Leichentuch über Landshut. Siegmund beobachtete eine alte Bäuerin, die ihr klapperndes Fahrrad über das Kopfsteinpflaster schob; mit derber Paketschnur hatte sie zwei Kohlköpfe geschickt auf ihrem Gepäckträger verzurrt. Siegmunds Magen verkrampfte sich zu einem Knäuel, vor Schmerzen biss er sich auf die Unterlippe. Wann hatte er zuletzt etwas gegessen?

Gerade noch rechtzeitig hob er den Kopf: Zwei Kettenhunde marschierten direkt auf ihn zu. Die metallenen Ringkragen, die den Feldgendarmen ihre Beinamen eingebracht hatten, klopften im strammen Marsch gegen ihre Uniformen. Sie hoben ihre Köpfe, aber im gleichen Augenblick hatte Siegmund schon die Türklinke heruntergedrückt und war atemlos in das diffuse Licht des Treppenhauses eingetaucht.

Wie oft sich Siegmund seit seiner Fahnenflucht vor drei Monaten noch in letzter Sekunde retten konnte, vermochte er nicht zu zählen. Für heute würde er jedenfalls keinen Anlauf mehr unternehmen, Elfriede in der Rosengasse aufzusuchen. Er stellte seinen speckigen Rucksack am Boden ab, kramte nach dem Taschenmesser und strich dabei mit dem Handrücken über das kleine Buch, das ihm als seine kostbarste Habseligkeit geblieben war: Heinrich Heines ‚Buch der Lieder'. Er nahm den in blauem Leinen gebundenen Gedichtband heraus, schlug die erste Seite auf, und las die Widmung:

„Für meinen Siegmund zur Verlobung,

In Liebe und Treue, Deine Elfriede

22. März 1939"

Wie so oft begann der Filmprojektor die Bilder von Elfriede auf seine Leinwand im Kopf zu projizieren. Ihre dunkelbraunen Mandelaugen strahlten ihn an wie die Sonne, die sich im Hammerbach spiegelte. Sie saß auf der Parkbank, der Sommerwind spielte mit ihrem farbenfrohen Kleid. Den Duft von frisch geschnittenem Gras in der Nase strich er ihr in Gedanken übers Haar und flüsterte ihren Namen.

Dann kamen die mächtigen Schmerzen im rechten Bein zurück wie ein Faustschlag. Siegmund legte das Büchlein in den Rucksack und wickelte mit zusammengebissenen Zähnen das blutgetränkte Laken aus, das er um sein wundes Bein gebunden hatte. Der Gestank des fauligen Fleisches am Fußballen war kaum zu ertragen, Siegmund kämpfte mit einem heftigen Brechreiz. Das Licht reichte für eine genauere Betrachtung der Wunde nicht aus, weshalb Siegmund das Laken wieder um das Bein schlang. Plötzlich hörte er knarrende Schritte im Treppenhaus, eine Tür fiel ins Schloss. Siegmund suchte hektisch nach dem Holzstück, das die Tür zu seinem Versteck unter der

Treppe verkeilte, schaffte es gerade noch, in seinen Unterschlupf zu kriechen und hielt den Atem an.

„Kruzifix noch einmal, wo hab' ich denn jetzt wieder …"

Siegmund erkannte die Stimme des alten Mannes wieder, der lauthals vor sich hin fluchte wie ein Fuhrmann. Das musste Ernstmaier sein! Es war die gleiche Stimme, die er gestern am Josefitag gehört hatte. Der alte Mann hatte an der Tür gerüttelt:

„Verdammte Tür, warum geht die denn auf einmal nicht mehr auf. Kruzifix noch einmal!"

Ernstmaier hatte ein Brecheisen zur Hand genommen und schickte sich an, die Tür gewaltsam zu öffnen. Siegmund kroch in das letzte Eck seines Unterschlupfes und erwartete seine Entdeckung. Was würde Ernstmaier unternehmen? Würde der alte Kriegsveteran ihn den Alarmeinheiten melden? Gerade als Ernstmaier zum finalen Stoß ansetzte, ertönte das Heulen der Sirenen. Der alte Mann ließ von der Tür ab, das Brecheisen fiel klirrend zu Boden und ohne einen Laut von sich zu geben, ließ er die schwere Eichenholztüre hinter sich ins Schloss fallen.

Siegmund hatte die verheerenden Luftangriffe der vierhundertsechsundsiebzig Todesvögel zusammengekauert in seinem Versteck unter der alten Treppe seines Geburtshauses am Adolf-Hitler-Platz erlebt. Erst zwanzig Stunden nachdem Landshut die schlimmste Heimsuchung seit dem Dreißigjährigen Krieg hinter sich gebracht hatte und ein Teil der Stadt in Schutt und Asche lag, hatte Siegmund gewagt, aus seinem Versteck zu kriechen. Nach viereinhalb Jahren in der Hölle wollte er endlich seine Verlobte wieder sehen.

Drei schwer bewaffnete Kettenhunde standen vor ihm, luden ihre Gewehre durch und setzten gerade an, ihn zu erschießen. Siegmund starrte in den Lauf der Gewehrmündungen und schrie: „Neiiiin!!", dann erwachte er aus seinem Fiebertraum und merkte, dass seine Kehle so trocken war, dass er nicht mehr schlucken konnte. Das Fieber musste wieder gestiegen sein. Ich habe sie allein gelassen, dachte er. Ich habe meine Kameraden im Stich gelassen! Der Drang zu weinen stieg ihm prickelnd in die Nase, aber schon im nächsten Augenblick kam sein Mut zurück. Seine Flucht durfte nicht hier unter der Treppe enden! Nein! Er musste noch einmal versuchen, in die Rosengasse zu gelangen. Mit dem Ärmel seiner schmutzigen Jacke wischte er sich den Schweiß von der Stirn und tastete im Dunkeln nach dem Holzstück.

Als Siegmund zum dritten Mal seit seiner Ankunft in Landshut vor die Tür auf die Straße trat, senkte die Sonne gerade ihr Haupt über der Stadt. Von weitem hörte er eine Fahrradglocke, irgendwo schrie ein Baby untröstlich nach dem Busen der Mutter. Der Schwefelgeruch war aus den Straßen abgezogen und Siegmund inhalierte die klare, niederbayerische Luft wie ein Süchtiger - so als ob er sich davon satt essen könnte. Sein Kopf dröhnte vom Fieber, aber gleichzeitig legte sich eine fremdartige Gelassenheit auf sein Gemüt. Sie würden ihn nicht kriegen, jedenfalls nicht, bevor er Elfriede gesehen hatte! Zielstrebig humpelte er an St. Martin vorbei und wenig später drückte er die Klinke der Eingangstür zu Elfriedes Elternhaus in der Rosengasse herunter.

Nach einer halben Minute hatten sich seine Augen an das diffuse Licht im Treppenhaus gewöhnt. Ein saurer Geruch von eingemachten Dillgurken schlug ihm entgegen und er schlurfte stöhnend die knarrende Treppe hinauf in den ersten Stock. Vor Elfriedes Wohnungstür schossen ihm die Bilder ihrer Verlobungsfeier durch den Kopf. Er klopfte energisch gegen die lackierte Oberfläche, einmal, zweimal - keine Reaktion. Siegmund senkte den Kopf und legte das Ohr an die Tür. Dann klopfte er noch einmal und wartete – nichts! Die Minuten verrannen wie im Zeitraffer. Siegmund wollte sich gerade abwenden, als er eine verängstigte Frauenstimme hinter der Wohnungstür hörte.

„Wer ist da?"

„Elfriede, bist Du's?"

„Wer sind Sie, was wollen Sie?"

„Elfriede, mach' auf. Ich bin's, Siegmund."

„Siegmund?"

„Ja, ich bin's, mach' doch auf, Elfriede. Ich bin's wirklich!"

„Das kann nicht sein, Siegmund ist tot."

„Ich bin nicht tot, sonst könnte ich ja nicht an Deine Tür klopfen. Nun mach doch auf, Elfriede, bitte!"

Siegmund versuchte, den Speichel in seinem Mund zu sammeln, um damit seinen unerträglichen Durst ein wenig zu lindern. Aus dem Wohnungsinneren kam keine Reaktion. Er klopfte wieder gegen die Tür, dieses Mal energischer als die Male zuvor.

„Elfriede, mach' doch bitte auf. Ich erklär' Dir alles."

Nichts! Vollkommene Stille. Siegmund wollte schon aufgeben, als er hörte, wie Elfriede die Kette vorschob und die Wohnungstür zaghaft einen Spalt öffnete. Die Nase war das erste, was Siegmund nach viereinhalb Jahren von seiner Verlobten zu sehen bekam. Ihr Haar war stumpf geworden und aus ihren verzagten Augen starrte ihn blankes Entsetzen an. Erst jetzt fiel ihm ein, dass er sich seit Monaten nicht mehr im Spiegel gesehen hatte. In der Zeit seiner Flucht war er den Tieren näher als den Menschen - und so musste er auch jetzt aussehen.

„Verschwinden Sie! Lassen Sie mich in Ruhe!", zischte Elfriede durch den Schlitz und drückte die Wohnungstür zu.

Siegmund konnte sich jetzt nicht mehr auf den Beinen halten und sackte in sich zusammen, wie eine Marionette, deren Schnüre man durchtrennt. Sein Kopf schlug auf der Eichendiele auf und er blieb besinnungslos im Treppenhaus liegen.

Als er wieder zu sich kam, schleppte er sich auf allen Vieren auf den Treppenabsatz, kauerte nieder und suchte nach seinem Rucksack. Mit den allerletzten Kräften kramte er nach seinem ‚Buch der Lieder‘, schlug die Seite auf, die er in den Schützengräben so oft aufgeschlagen hatte und begann, verzweifelt zu lesen:

„In mein gar zu dunkles Leben

Strahlte einst ein süßes Bild;

Nun das süße Bild erblichen

Bin ich gänzlich nachtumhüllt.

Wenn die Kinder ...“

Noch bevor Siegmund die erste Strophe zu Ende gelesen hatte, sackte er wieder zusammen. Das Büchlein glitt ihm aus den Händen. Seine Flucht war zu Ende.

Wie durch einen Tunnel hörte er von weit her seinen Namen. Elfriede sah das Buch vor Siegmunds Füßen liegen, setzte sich neben ihn auf die Treppe und legte ihre Hand auf seine glühende Stirn. Ihr Blick fiel auf die aufgeschlagene Seite des hellblauen Gedichtbandes - und dann sah sie den Titel: „Die Heimkehr" las sie, und strich Siegmund zaghaft über das geschundene Haupt.

Winterlinden

Als Dorothea auch den dritten Tag hintereinander nicht im Wartehäuschen saß, wusste ich, dass ihr Wunsch in Erfüllung gegangen war. Ich steuerte den Bus auf die Haltestelle zu. Ein unrasierter Straßenkehrer huschte ungelenk über die Straße, wobei seine Kehrschaufel gegen den Randstein schlug. Ein Paukenschlag ertönte und der Kehricht ergoss sich über den Bürgersteig. Ich dachte an das Wort Arbeitsbeschaffungsmaßnahmen, bremste den Bus sanft ab und drückte auf den abgegriffenen, roten Knopf auf meinem Armaturenbrett. Die Pneumatik der Schwingtüren erzeugte ein vertrautes Zischen. Mit den neuen Fahrgästen betrat ein scharfer Zwiebelgeruch den Fahrgastraum und brachte meinen Magen in Aufruhr. Unter den neuen Passagieren war eine junge Frau mit einem wundervollen Augenpaar.

Noch bevor ich die Türen schloss und den Gang einlegte, war meine Sammlung um ein neues Exemplar reicher.

So wie andere Leute Streichholzschachteln oder Zuckerbriefchen sammeln, jage ich nach Augen-Blicken und speichere sie in meinem Gedankenkatalog ab. Kein Augenpaar gleicht dem anderen und so habe ich mich im Lauf der Jahre zu einer Meisterin im Sammeln und Ordnen von Brauen, Lidern und Wimpern entwickelt. Meine Fahrgäste ahnen nicht, was ihre Augen für mich bedeuten. Bei jedem flüchtigen Blick in den Spiegel wäge ich ab, ordne und prüfe und teile ihre Augenformen in Kategorien ein. Ich beginne bei den Augenbrauen, arbeite mich nach unten, bewerte, schätze ab und vergebe Noten. Jedes Augenpaar in meiner Sammlung ist einmalig und ich erkenne jedes von ihnen wieder - und doch suche ich immer nur nach dem einen.

An der Auffahrt zum Kirchplatz musste ich halten. Ich beobachtete einen Leierkastenmann mit einer roten Schärpe um die Brust, der seinen goldenen Hut vor dem Zerren des Herbstwindes festhielt. Er unterbrach sein Spiel, griff in die Tasche seiner schwarzweiß karierten Pluderhose und zog ein schwarzes Kruzifix heraus. Ich speicherte die Szene ab und begann, Dorothea zu vermissen. Verschwitzte Menschen schleppten ihre Beute in prall gefüllten Plastiktüten nach Hause. Ich schlug die erste Seite meines Katalogs auf und rief mir Dorotheas Augen ins Gedächtnis. Ich sah ihre Augensäcke, gefüllte Wannen in der ihre Augäpfel badeten wie in einem See aus Tränen. Jeden Tag, wenn Dorothea den Bus betrat, fiel mir die Laufmasche in ihrer Feinstrumpfhose auf und ich war froh, wenn das Knarren der Federn und das Scheuern ihres Trevirarockes auf dem abgewetzten Sitz hinter mir signalisierte, dass die alte Dame ihre Position eingenommen hatte. Dann wusste ich, dass ihr schwarzer Rock in Falten bis zu den zerkratzten Lackschuhen hinabfiel und die Schmach ihrer Nachlässigkeit bedeckte. Bevor ich den Gang einlegte und den Blinker setzte, stellte ich den Rückspiegel so ein, dass ich sowohl den Fahrgastraum als auch Dorotheas Gesicht im Blickfeld hatte. Jeder flüchtige Blick von ihr war ein Baustein in meiner Tagesbewältigung und stärkte mich bei meiner Suche.

Vor drei Tagen, als Dorothea das letzte Mal mit mir fuhr, war etwas in ihren Augen, das ich noch nie gesehen hatte. Es war etwas Fremdes und - sie schien glücklich. Ein hagerer, schwarzhaariger Junge in zerlumpten Jeans hatte sich neben sie gestellt. Er hielt seinen Kopf geduckt, so dass ich seine Augen nicht erkennen konnte.

„Ist der noch frei?"

„Ja, setz dich zu mir." Dorothea nahm ihre Handtasche auf den Schoß. Der Junge erwiderte Dorotheas Blick verlegen:

„Wo fahren Sie denn hin?"

„Raus zu meinem Mann."

„Wie raus? Wohnen sie nicht zusammen?"

„Er wohnt draußen unter der Eiche. Seit drei Monaten. Dort hat er's schön warm."

„Ist er tot?"

„Philemon ist nicht tot!"

„Philemon?"

„Ich nenne ihn Philemon. Er nennt mich Baucis. Kennst du die Geschichte?"

„Welche Geschichte?"

„Die von Philemon und Baucis, dem alten Ehepaar, das sich nichts sehnlicher wünscht, als zusammen zu sterben. Sie werden von den Göttern verwandelt. Philemon in eine Eiche und Baucis in eine Winterlinde."

„Nein, muss ich?"

„Musst Du nicht. Ist aber eine schöne Geschichte. Wenn Du magst, erzähle ich sie Dir."

„Ich muss gleich aussteigen."

„Dann ein andermal."

Der Junge kratzte sich unter seiner Schirmmütze.

„Sie sind verrückt, oder?"

„Verrückt? Ja, nach Philemon, ja. Wenn Du so willst, bin ich verrückt."

„Ja, dann ..."

Das Hupen eines Autos brachte mich zurück in die Lohnfeldstraße. Brüllende Demonstranten hielten mit schwarzen Kreuzen bemalte Transparente in den Sommerhimmel, die der Wind zu Segeln aufblies. Schon von weitem sah ich den hageren Jungen an der Haltestelle von einem Bein auf das andere treten. Als er einstieg, zeigte er seinen Schülerausweis vor und hielt den Kopf nach unten. Sein Blick fiel auf den Sitz hinter mir, auf dem er die alte Dame erwartete. Im Rückspiegel konnte ich sehen, wie er sich setzte. Auf dem verwaisten Platz neben ihm lag etwas, das er aufhob und befremdet anstarrte. Wir fuhren auf die Heubachbrücke zu und ich musste bremsen - und da konnte ich endlich seine Augen im Rückspiegel erkennen! Ich zuckte zusammen: Es gab keinerlei Zweifel, ich erkannte die Augen sofort wieder. Ich trat auf die Kupplung, setzte den Blinker und ließ den Bus gegen den Randstein rollen. Die Passagiere warfen mir aggressive Blicke zu, als ich meinen Fahrersitz verließ und mich dem hageren Jungen näherte. Kein Zweifel: Er war nicht tot! Ich hatte ihn zwar überfahren, aber er lebte. Sie hatten ihm zu Unrecht die Augen geschlossen, als er neben dem Bus lag. Sie hatten ihn zu Unrecht in den Sarg gelegt. Es war alles ein Irrtum, meine Suche war zu Ende! Ich tippte mit dem Fuß auf das Bodenblech und starrte ihm besessen in die Augen. Er sag mich an und reichte mir die Blüte in seiner Hand:

„Ist was mit Ihnen?"

Der Blütenstaub benetzte meine Handfläche und ich senkte den Kopf, um daran zu riechen.

„Winterlinde", sagte ich und drückte auf den roten Knopf auf dem Armaturenbrett und noch bevor die Schwingtüren zischend ihre Endposition erreicht hatten, tauchte ich in die Menge ein und ließ meine Sammlung im Bus zurück.

Die Spiele müssen weitergehen

Das Schachspiel auf dem Tisch ist frei von Wanzen, aber sonst sind überall im Aufenthaltsraum welche angebracht. Vielleicht hat auch Heinrich eine in seiner Hemdtasche, aber er sagt, er arbeitet nicht mit der Regierung zusammen. Heinrich ist der Einzige, dem ich bisher vertrauen kann. Die Nelken auf der Fensterbank sind lange verblüht, ein Nikotinschleier zieht grau und schwer durch den Saal. Es stinkt nach frischer Scheiße, auch der Nikotingestank kann das nicht überdecken. Sicher hat die Wiegand gerade wieder in ihre Windel gemacht, aber Schwester Irina hat's noch nicht bemerkt. Die Wiegand rollt immer mit den Augen wie eine Marionette aus der ‚Augsburger Puppenkiste' und wird ganz blass im Gesicht, wenn sie sich in die Hosen macht. Ich werde es Schwester Irina aber nicht sagen, weil sie sonst wieder kommt und behauptet, wir haben keine Figuren auf unserem Schachbrett. Dabei haben Heinrich und ich gerade die Partie von gestern wieder aufgenommen. Ich überlege seit vier Minuten, wie ich den Zug von Heinrich parieren könnte. Dabei muss ich Acht geben, denn sie sind überall. Ich muss mich auf den Spielzug konzentrieren, Heinrich drängt schon wieder: „Du bist dran. Spiel endlich weiter!"

Da sind plötzlich die Männer in meinem Kopf, wie sie über den Zaun klettern. Wir dachten damals, das sind Sportler. Die haben einen über den Durst getrunken, waren in der Stadt und haben die Uhrzeit übersehen. „Sportler - wir dachten, das waren Sportler", sage ich zu Heinrich. Aber Heinrich deutet nur auf das Schachbrett. Und dabei waren das gar keine Sportler. Wir dachten halt: Sportler können über so einen Zaun ja ohne Probleme klettern. Die können das. Ich könnte das nicht, erst recht nicht, seitdem ich hier im Heim bin.

Ich sehe aus wie ein an Land gespülter, kranker Wal. Ich habe mir einen Panzer angefressen in den Jahren, ein Schutzschild von hundertzweiundfünfzig

Kilo, das mich vor Berührungen schützt - aber nicht vor der Kälte und nicht vor den Blicken. Immer sind da diese Blicke wie Zeigefinger, die sagen: Das ist Manfred, der hätte es verhindern können. Die Pfleger, die Schwestern (vor allem Irina, die heute Dienst hat), die Zivis, die Sozpäds, der Heimleiter - alle schauen mich an und denken: Das ist der Manfred, der hätte es verhindern können. Warum hat er es bloß nicht verhindert? Alle fragen sich das - ich auch, seit über dreißig Jahren. Aber ich dachte halt, das sind Sportler, die sind nur über den Zaun geklettert, weil sie gefeiert und dabei die Uhrzeit übersehen haben. Das dachte ich. Und meine Kollegen auch, die dachten auch, das sind Sportler, die sich reinschleichen ins Olympische Dorf. Alle drei dachten wir das - damals. Als dann die Schüsse fielen, da haben wir's geahnt. Gefühlt hab' ich das, dass es keine Sportler waren und dann bin ich heim und hab' alles verfolgt, im Radio und am Fernseher von Frau Seidl. Das Radio lief damals die ganze Zeit. Heute darf ich kein Radio mehr anschalten, weil sie mich abhören damit. Lauter

Wanzen haben sie versteckt, überall - nur nicht in den Schachfiguren, da sind keine Wanzen drin.

Heinrich hat den Läufer von E4 auf G6 bewegt und ich weiß nicht, wie ich den Zug kontern soll. Meine Dame ist in Bedrängnis, aber sie ist wanzenfrei. Sie ist innen hohl. Ich habe sie gerade eben wieder kontrolliert und keine Wanze gefunden. Das mache ich vor jedem Spiel: Ich kontrolliere zuerst die Kommode, den Teppich, den Tisch, dann die Sessel (vor allem unter den Polstern), dann das Schachbrett und schließlich alle Figuren. Noch bevor Heinrich in den Aufenthaltsraum kommt und sich zu mir in die Ecke setzt, habe ich alles sorgfältig kontrolliert. Manchmal mache ich das auch nach den Spielzügen oder dazwischen. Aber im Radio, im Fernseher, in den Telefonapparaten und auch am Geschirrwagen haben sie die Wanzen angebracht und mein Zimmer ist voll davon. Abends, wenn ich weiß, dass die Schwester nicht mehr kommt, dann suche ich sie und manchmal finde ich auch eine.

Ich habe ein Einzelzimmer mit Kippfenster und Blick auf den Park, in dem die schweren Fälle ihre Spuren in den Kies ziehen. Meistens ist ein Zivi dabei, der Bruno, der hat einen Knopf im Ohr. Damit hört er mich ab und meldet dann mit seinem Funkgerät die Daten an das Innenministerium (an den Genscher und seine Leute). Manchmal tippt er auch mit seinen flinken Fingerspitzen geheime Botschaften in seinen Apparat. Aber ich sage nichts, was mich überführen könnte; bisher jedenfalls habe ich noch nichts verraten. Doch ich muss höllisch aufpassen, denn sie lauern überall, und ihre Wanzen werden immer mehr!

„Ich hab' einen Brief geschrieben", sage ich jetzt zu Heinrich. Der schaut mich an, sein Augenaufschlag erinnert mich an einen Waldkauz. Ich fahre fort: „An den Genscher. Dass ich die Männer für Sportler gehalten habe. Dass die ausgesehen haben wie Sportler. Es war ja Nacht. Wir dachten, dass das Sportler waren."

„Ja, ja", sagt Heinrich und deutet mit seiner Zigarette auf das Schachbrett. Dabei fällt ihm die Asche auf C2. Er streift mit dem Zeigefinger über seine Lippen, so dass ein Tropfen Spucke dran hängen bleibt und hält dann den Tropfen zitternd auf die Aschenwurst. Die Spucke saugt sich an der Asche fest. Heinrich nimmt sie zitternd auf und streicht sie an seine Hose.

Mein Betreuer, Herr Konzelmann sagt, dass wir ein gutes Gespann sind, der Heinrich und ich, mit unserem Schachspiel und den großen Runden im Park und dass wir ganz gut zusammenpassen. Heinrich ist auch der einzige, der mich nicht den Behörden meldet. Er sagt immer: „Der Genscher, der ist ja schon lange nicht mehr im Amt. Ein alter Mann ist das." Aber das sagt er nur, weil er mein Zimmernachbar ist und mich schützen möchte. Aber ganz sicher kann ich mir da seit gestern auch nicht mehr sein. Da habe ich nämlich beobachtet, wie Heinrich mit dem Bruno gesprochen und ihm etwas zugeflüstert hat, drunten im Park. Aber ich will nicht dran glauben, dass auch der Heinrich einer von ihnen ist.

„Du musst weiterspielen", sagt Heinrich jetzt wieder. Aber meine Gedanken sind besetzt - wie ein Telefon. Die können jetzt nicht woanders hindenken. Die Heidrun (das ist meine Lieblingsschwester) sagt immer: Manfred, sie haben einen Panzer wie eine Seekuh. Aber ihre Seele, die ist so fein wie die von einem kleinen Eichhörnchen. Die Seelen von den Terroristen, die müssen so gewesen sein, wie von einem Alligator oder von einer Hyäne.

An dem Tag, als der Hubschrauber im Park gelandet ist, musste ich das letzte Mal ins Krankenhaus. Ich wusste, dass der Genscher im Hubschrauber saß und mich abholen wollte und ich bin in mein Zimmer gerannt und hab' die Wanzen gesucht, hab' sie in eine Plastiktüte gepackt und wollte zum Hubschrauber und dem Genscher sagen, dass sie endlich aufhören sollen damit. Als ich dann den Bruno unter den Tisch gestoßen hab', weil er mich anfassen wollte, da haben sie mich ins Krankenhaus gebracht und der Genscher, der ist wieder abgeflogen, ohne dass ich ihm hab' sagen können, dass er endlich aufhören soll, mich abzuhören.

Es gibt Tage, an denen ich denke, dass ich nicht unschuldig bin. Das ist meistens in den Nächten. Da ist mir so kalt, dass ich denke, es hat mich jemand in eine Badewanne mit lauter Eiswürfel gelegt. Ich versuche, mich zu wärmen, aber mein Panzer kommt nicht gegen die Kälte an.

„Wenn du jetzt nicht gleich weitermachst…", sagt Heinrich schon wieder. Aber ich sage: „ Der Genscher muss doch gewusst haben, dass die ausgesehen haben wie Sportler, oder?" Heinrich gibt mir keine Antwort. Er sitzt da, zeigt auf F8 und starrt meine Dame an – er weiß genau, dass die in Bedrängnis ist. Er spürt, dass ich mit dem Rücken an der Wand stehe, weil besetzt ist bei mir. Ich schaue ihn an. Er fasst in seine Hemdtasche und da weiß ich plötzlich, dass auch Heinrich einer von ihnen ist, denn er sagt: „Jetzt komm, das Spiel muss weitergehen."

Nun gibt es keinen Zweifel mehr: Heinrich ist einer von denen! Schließlich hab' ich es damals im Fernseher gesehen. Bei Frau Seidl, da habe ich es gesehen, wie einer im Stadion gesagt hat: ‚Die Spiele müssen weitergehen' und ich - ich hätte das alles verhindern können.

Väter der Rosen

Der Tag, an dem ich hinter Kolowskis Geheimnis kam, war mausgrau und trüb. Die Sonne hatte es aufgegeben, ihre Strahlen durch die dichten Wolken zu zwängen, ein lauer Wind stöberte müde im Laub der Bäume, sogar die Sperlinge in den Sträuchern wirkten schwermütig. Dennoch regnete es nicht - die Wolken waren wohl zu träge. Ich saß auf der morschen Bank hinter dem Haus und hantierte an meiner neu gebauten Kirschkernschleuder. Meine Hosentasche war von der Munition aufgebläht wie der Körper einer Schlange, die gerade eine Maus verschlingt. Mit Daumen und Zeigefinger zog ich am Gummiband und prüfte den Halt der Knoten. Der Zug war erstaunlich: Damit würde ich es den Glatzen ordentlich zeigen! Aus einem alten Schuh meines Großvaters hatte ich ein Stück Leder zurechtgeschnitten, das die Kirschkerne in sich aufnehmen sollte. Ich drehte meine Baseballkappe zur Seite, ließ den Blick über die

Wiese zum Zaun schweben und hatte sogleich mein erstes Ziel ausgespäht: Neben einer Königskerze leuchtete ein Strauch Cocktailtomaten und winkte mir zu. Ich fasste in meine Hosentasche, holte einen glitschigen Kirschkern heraus, legte ihn behutsam - fast feierlich - auf das Leder, nahm mein Ziel ins Visier und zog ab. Zuerst schnitt der Kirschkern mit einem Zischen die Luft, dann ertönte ein Knall wie von einem Pistolenschuss und eine Rose in Kolowskis Garten knickte ein. Die Blüte hatte noch nicht einmal den Boden erreicht, als ich einen Schrei hörte, der das Ungemach ankündigte.

Kolowski stand am Gartentor. Ein Hosenträger war ihm über die Schulter gerutscht, das zerknitterte Flanellhemd hing über den Bund seiner derben Cordhose. Er gestikulierte wild mit einer Harke in der Hand, seine Blicke trafen mich wie dünne, zuckende Blitze. Ausgerechnet Kolowski, dachte ich. Aber ich war gewillt, mich meiner Verantwortung zu stellen,

nahm allen Mut in die linke Hand, die Kirschkernschleuder in die rechte und stakte langsam durch das
hohe Gras auf den gefürchteten Nachbarn zu.

„Bitte, Herr Kolowski, es ist nicht so, wie Sie denken! Es war keine Absicht. Ich wollte wirklich …"

Kolowski sah mich mit seinen grauen, trüben Augen an wie ein Dämon. Mein Magen drehte sich einmal um die Längs-, dann um die Querachse. Ich verlangsamte meine Schritte. Als ich noch vier Meter
von dem alten Mann entfernt stand, sah ich die Rosenblüte in seiner knochigen Hand. Kolowski sagte
nichts, seine Augen schwammen in dunklen Höhlen
und ich dachte, er würde jeden Augenblick in Zor-
nestränen ausbrechen. Er sah mich kurz und durch-
dringend an, packte mich am Handgelenk und
schleifte mich zu einer Parkbank. Mein Herz schlug
bis zu den Ohren. Nur mühsam konnte ich den
Schritten des alten Mannes folgen. Es war der erste
Körperkontakt, den ich mit dem ‚Schrecken der Sied-
lung' hatte und ich war mir sicher, dass ich spätestens

in fünf Minuten nicht mehr leben würde. Bis wir die Parkbank erreicht hatten, sprach Kolowski kein Wort; ich musste mich setzen. Er holte mit der Harke in der Hand aus und ich ahnte, dass sich die Zacken gleich in mein Gesicht bohren würden. Erst als er zu sprechen begann, fiel mir auf, dass er mit der Harke die Grenzen seines riesigen Gartens absteckte. Mit brüchiger Stimme sagte er:

„Weißt du, wie viel Zeit und Mühe in diesem Garten stecken, Junge? Ich wette, das ist dir schnurzegal, wie? So wie euch jungen Leuten überhaupt alles egal ist, was?"

Ich rutschte auf dem glatten Lack nach links und brachte keinen Ton heraus. Kolowski zeigte auf die Rosenblüte in seiner Hand und ich meinte zu erkennen, dass sein Blick ein wenig aufklarte.

„Weißt du, Junge, wie selten diese Rosensorte ist? - Natürlich weißt du das nicht! Sie ist eine Rarität unter uns Rosenzüchtern, ein Rubin, verstehst du? Sie trägt den Namen eines großen Mannes: ‚Professor Gnau'."

Kolowskis Tonfall veränderte sich, als sein Blick auf die Rosenblüte fiel. In seinen Augen ging die Sonne auf.

„Siehst du, wie die cremefarbenen Blütenblätter die goldenen Staubfäden hüten wie einen wertvollen Schatz? Würde die Sonne scheinen, Junge, dann würdest du das Leuchten sehen - wie Elfenbein, nur noch tausendmal schöner."

Kolowski hielt mir die Rosenblüte unter die Nase. Er war jetzt ganz ruhig.

„Riechst du den weichen, lieblichen Duft? In ein paar Jahren wirst du diesen Duft an der zarten Haut am Nacken deiner ersten Liebe wieder erkennen, mein Junge." Er blickte auf und richtete seine Blicke in die Tiefe seines prächtigen Gartens.

„Nur hier bei meinen Rosen, da kann ich wirklich vergessen ..."

Der alte Mann ließ die Harke zu Boden fallen. Auf seiner Stirn saß eine Stubenfliege und stillte aus einer Furche mit dem Schweiß ihren Durst. Kolowskis Augenbrauen erinnerten mich an einen russischen Politiker, den ich vor Jahren im Fernseher gesehen hatte. Langsam wich die Angst aus meinen Gliedern und ich wagte, meinen Mund aufzumachen.

„Ja, schön, Herr Kolowski, wirklich … schön. Und es tut mir echt leid, dass ich … also … ich wollte nämlich ganz sicher nicht auf Ihre Rosen schießen, großes Ehrenwort!"

Ich hob die rechte Hand wie zum Schwur.

„Ich … ich … trainiere doch für den Kampf gegen die Glatzen, wissen Sie!"

Der alte Mann nahm seinen Blick von seiner Geliebten und sah mich an. Vor lauter Falten konnte ich seine Augen kaum erkennen.

„Gegen die was?"

„Gegen die Glatzen. Wir haben da ein Projekt. Vielleicht ham sie schon mal was davon gehört oder in der Zeitung gelesen?"

„Projekt? Nie gehört", sagte Kolowski abwesend, hob aber dann doch den Kopf. Meine Erleichterung verschaffte sich langsam Luft.

„Ja, wir haben da mit unserer Pastorin Frau Heinen ein Projekt. Wir treffen uns mit ein paar türkischen Klassenkameraden im alten Pfarrhaus und bringen die Bude auf Fordermann. Später wollen wir da drin mal gemeinsam Musik machen – ein Jugendtreff sozusagen. Nur einen Namen haben wir noch nicht." Ich zögerte kurz, krauste meine Stirn und fuhr fort: „Aber die blöden Naziärsche, die haben uns schon viermal die Bude wieder auseinander genommen. Wir trauen uns schon bald nicht mehr hin. Da müssen wir uns doch wehren, oder?"

Dann erzählte ich ihm von den Übergriffen an unserer Schule, von den Naziparolen an den Wänden und davon, dass unser Schulleiter nichts dagegen unternimmt. „Einmal hat einer ‚Juda verrecke‘ an die Tafel gesprüht, stellen Sie sich das vor! Und was ist passiert? - Nichts! Der Hausmeister wurde gerufen, um die Sauerei wegzumachen, das war's!"

Kolowski starrte mich an, sein Blick war eingefroren. Ich merkte, wie sein Kinn zu zittern begann, als ob er etwas vor sich hinflüstern würde. Auf seiner Backe saß eine Rinderbremse, doch der alte Mann bemerkte nicht einmal den Stich.

„Das … das … haben die wirklich an die Tafel geschrieben?" Kolowski starrte mich noch immer an und in mir kroch ein Gefühl hoch, das ich erst Stunden später als Mitleid erkannte. Seine Gedanken schienen in die Vergangenheit zu fliegen. Als sein Blick wieder auf die Rosenblüte fiel, versuchte er ein Lächeln.

„Weißt du, Junge, diese Rose hier in meiner Hand erzählt uns eine Geschichte. Hast du schon einmal was vom Gleichschaltungsgesetz der Nazis von 1933 gehört?"

Ich nickte, wog den Kopf leicht hin und her und hörte dann die Geschichte des ‚Vaters der Rosen'. Gemeinsam schritten wir langsam die prächtige Rosenzucht in Kolowskis Garten ab und ich erfuhr etwas über die große Liebe des alten Mannes, über die größte zusammenhängende Rosenzucht in Europa, dem Rosarium in Sangerhausen, und schließlich kam er auf einen Herrn zu sprechen, dessen Name ich ein paar Minuten vorher schon einmal gehört hatte.

„Und genau dieser Professor Gnau – man nannte ihn den ‚Vater der Rosen -'" fuhr Kolowski fort, „dieser alte Herr war es, der seine Arbeit im Rosarium im Frühjahr 1933 niederlegte, obwohl das sein Lebenswerk war. Und weißt du auch, warum?"

Ich sah zu ihm hoch und zog die Schultern in den Nacken.

„Weil er NEIN gesagt hat zu diesem Gesetz, NEIN zu den Nazis. Weil er Mut gehabt hat, mein Junge. Mut und Zivilcourage."

Und dabei klopfte Kolowski mir so heftig auf die Schultern, dass ich ins Straucheln kam. Noch einmal blickte er mich aus seinen tiefen, traurigen Augenhöhlen an und zeigte auf meine Kirschkernschleuder. „Meinst du wirklich, dass du diese Wunderwaffe brauchen wirst, mein Junge? - Was man mit Gewalt gewinnt, kann man nur mit Gewalt behalten."

Kolowski reichte mir die cremefarbene Rosenblüte. Die Altersflecken auf seinem Handrücken erinnerten mich an ein Sternbild. Der Ärmel seines Hemdes rutschte nach oben und ich konnte Spuren einer Tätowierung auf seinem Unterarm erkennen. Dem alten Mann war offensichtlich vor vielen Jahren eine sechsstellige Zahl eingebrannt worden. Ich versuchte, seinen Blick einzufangen, nahm die Blüte in die Hand und hielt sie mir unter die Nase. Lautlos sank die Waffe aus meiner Hand in das tiefe Gras.

Beluga oder die Summe aller Farben

Als ich dreizehn war, konnte ich mit einem Atemzug eine Minute dreiunddreißig unter Wasser bleiben. Ich war aber nicht nur der beste Taucher der Klasse, ich war auch derjenige, der den weißen Wal im Rhein entdeckte. Dennoch war ich ein käsebleicher Außenseiter mit zwei schief stehenden Schneidezähnen und einem sonderbaren Dialekt. Der Sommer des Jahres 1966 lungerte seit Wochen über Duisburg. Mein erstes Schuljahr im Rheinland neigte sich dem Ende entgegen und die großen Ferien lagen wie ein rettendes Ufer vor mir. Bald würde die Zeit des Lernens und der Demütigungen für sechs Wochen unterbrochen werden, in ein paar Wochen würde ich zu meinen Großeltern nach Bayern aufbrechen.

Zu jener Zeit im Juni, als ich den weißen Wal entdeckte, hatte meine Klasse am linken Rheinufer ein Zeltlager aufgeschlagen. Unser Lehrer, Dr. Manger, hatte mir Thomas Kantor als Zeltgenossen zugeteilt, den Klassenkasper, den alle nur Tomtom nannten, weil er stotterte wie ein wieherndes Pferd. Den ganzen Abend hatten wir keine drei Sätze gewechselt. Wir kauerten in unseren Schlafsäcken, jeder für sich in seiner Ecke, während der Kern um unseren Klassensprecher Kalle Ackermann unter den Pappeln am Lagerfeuer Kartoffeln in die Flammen hielt, Leuchtkäfer fing und sich Geschichten von kopflosen Reitern und lebendig Begrabenen erzählte. Tomtom popelte bei jeder Gelegenheit in der Nase und formte klebrige Kugeln daraus. Ich sah im dämmrigen Licht meiner Taschenlampe über den Rand meines Buches auf sein Sommersprossengesicht und fühlte mich wie ein Schiffbrüchiger an Bord eines Rettungsbootes im offenen Meer.

Am nächsten Morgen war ich vor allen anderen wach. Ich lag bäuchlings im Zelt und streckte den Kopf durch einen Spalt in die kühle Morgenluft. An den Ästen der Pappeln zerrte der Ausläufer eines Gewitters über der Stadt, vor mir lag der Rhein trüb und grau wie ein Strom aus Stahlarbeiterschweiß. Über dem Wasser trieben Dunstschwaden rheinaufwärts, eine kopflose Puppe wirbelte am Ufersaum entlang. Der Gestank von Chemikalien und Erbrochenem drehte mir den Magen um und ich musste einen Brechreiz hinunterwürgen. Ich hielt mir die Hand vors Gesicht und dachte über die letzten Monate nach. Mit dem Umzug ins Rheinland hatte ich mich verloren. Die Stadt spuckte mir jeden Morgen ins Gesicht, ich war ein Fremdkörper und ich vermisste die Isar so sehr wie meine Freunde in Bayern. Ich fühlte mich wie im Gefängnis - das Urteil hatten meine Eltern gefällt.

Mein Blick fiel auf die Thyssen-Werke auf der anderen Rheinseite. In eineinhalb Stunden würde mein Vater irgendwo in diesem kalten Labyrinth aus Fabrikhallen und Schornsteinen die Aktentasche unter den Schreibtisch stellen und seine Zeichenstifte spitzen. Meine Blicke bestiegen eben eine Fähre zurück über den Fluss, als sie an einem großen Gegenstand hängen blieben. Was war das denn? In der dunklen Brühe tauchte ein großer, weißer Gegenstand auf und verschwand gleich darauf in der Tiefe. Ich verdrehte den Kopf wie ein Hund bei Sirenengeheul, zog den Reißverschluss weiter nach oben und kletterte aus dem Zelt. Tomtom furzte plump und drehte sich auf die andere Seite. Während ich mich aufrichtete, ließ ich den Blick an dem Punkt im Wasser haften, an dem ich eben das unbekannte Ding gesehen hatte, stieg über die großen Findlinge und blieb am Ufersaum stehen. Da war es wieder! Keine zehn Meter von mir entfernt hob sich ein riesiger Fisch aus dem Wasser. Aber das konnte doch unmöglich ein Fisch sein! Die Haut zog sich straff um meine Schläfen, als das Ding ein Stück weiter flussaufwärts erneut auftauchte. Deutlich zeichnete sich ein gewaltiges Rückgrat an der Wasseroberfläche ab. Als ob ich damit die Szene einfrieren könnte, hielt ich den Atem an: Ein schnee-weißes Tier hob seinen massigen Körper aus dem Wasser, reckte für einen Moment den Kopf und sah mir ins Gesicht. Da konnte ich erkennen, was es war: In der trüben, ekligen Brühe des Rheins schwamm ein schneeweißer Beluga-Wal. Das leise Fiepen, das dann folgte, tönte noch Stunden danach in meinen Ohren.

Ich tastete nach einem glitschigen Stein und heftete meine Augen an die Stelle, an der der Wal eben weggetaucht war. Eine Stechmücke setzte sich auf meine Wange, aber ich schlug nicht nach ihr. Das glaubt mir kein Mensch, dachte ich. Deutlich sah ich unseren Klassensprecher Kalle vor mir, wie er seine Hühnerbrust aufblasen und mit tiefer Stimme sagen würde: „Jetz' iss der Seppl total durchgeknallt", wobei er den Kopf eulengleich im Kreis drehen würde. Ein paar Augenblicke starrte ich noch auf die Wasseroberfläche, dann erkannte ich, dass sich der Wal von mir entfernte und rheinaufwärts abtauchte. Ich stieß mich rückwärts stürzend von den Findlingen ab, hetzte zum Zelt und schrie: „Aufwachen Tomtom, du alter Nasenbohrer! Da schwimmt ein Wal im Rhein!"

Was war das für ein Aufruhr! Binnen zwei Minuten war die ganze Klasse auf den Beinen. Schlaftrunkene Halbwüchsige stoben durch das feuchte Ufergras und hüpften von Stein zu Stein. Dazwischen ein gestikulierender Klassenlehrer Dr. Manger, dessen Haare in alle Himmelsrichtungen drängten, als ob er sein Gehirn auf dem Kopf tragen würde. Jeder wollte den weißen Wal sehen. Doch der Beluga war abgetaucht und nahm Kurs rheinaufwärts, tiefer ins Land hinein. Für den Großteil meiner Klassenkameraden aber war der Beweis erbracht: Der bleiche Seppl aus Bayern war komplett übergeschnappt!

Die nächsten Tage verbrachte ich am Rhein, der Feldstecher meines Vaters baumelte um meinen Hals. Schnell hatte sich herausgestellt, dass ich der Erste in Duisburg war, der den weißen Wal gesehen hatte. Noch am gleichen Vormittag säumten hunderte, mit Fotoapparaten und Ferngläsern bewaffnete, Schaulustige die Ufer. Der verirrte Beluga war die Sensation des Sommers. Ich sog alles auf, was ich über das Tier herausfinden konnte, hörte Radio, las frühmorgens die Zeitung im Treppenhaus, klapperte die Bibliotheken der Stadt ab und fragte Herrn Manger Löcher in den Bauch. „Weißt du, mein Junge", sagte er, „weiße Tiere werden als Gott nahe Lebewesen betrachtet. Physikalisch ist weiß die Summe aller Farben. Weiß hat keinen negativen Zusammenhang. Sie ist die vollkommenste aller Farben. Und weiß ist die Farbe der Unschuld, sie steht für den Anfang - und für das Neue."

Mit jedem Tag, den ‚Moby Dick' im Rhein schwamm, gewann der Fluss für mich an Leben. „..sie steht für den Anfang – und für das Neue", Mangers Worte hallten in meinen Ohren, wie eine Melodie, die man einmal hört und dann tagelang vor sich hin summt.

Nach zwei Wochen ohne Nahrung in der dreckigen Brühe verließen ‚Moby Dick' langsam die Kräfte.

Dennoch schwamm das Tier immer tiefer ins Land hinein, immer weiter weg vom Meer, der Hauptstadt Bonn entgegen, als ob es dort einen Auftrag zu erledigen hätte. Wir klebten Landkarten an die Wände des Klassenzimmers und markierten mit bunten Fähnchen fast stündlich die Position des Belugas. Ich dachte Tag und Nacht an den Wal und mit jedem Tag spürte ich, wie die Blicke auf meinen schneeweißen, eingefallenen Wangen weniger wurden. An den Nachmittagen im Schwimmunterricht tauchte ich minutenlang ab und setzte mich auf den Grund des Beckens. Die Luft aus meinen Lungen glitzerte im Strahl der Sonne, wenn sie langsam in Blasen an die Wasseroberfläche trieb. Allein mit meinen Gedanken genoss ich die dumpfe Stille und indem ich die Schwimmbewegungen des Belugas imitierte, fühlte ich mich ihm näher. Die Demütigungen meiner Klassenkameraden lernte ich so langsam zu ertragen.

Etwa zehn Tage nach meiner Entdeckung geschah das Unfassbare: Kalle kam mit geschwollener Brust im Pausenhof auf mich zu. Er schaute über seine

Schultern, als ob er sich vergewissern wollte, dass wir allein waren. Ich trat einen Schritt zurück, zog die Schultern hoch und wollte mich gerade wegdrehen, als Kalle sagte: „Sag mal, Hans, wadd ich dich fragen wollte…"

„Du? - Mich?"

Ich bohrte ungläubig den Zeigefinger in meine Brust. Kalle hatte mich wirklich bei meinem Vornamen genannt.

„Ja, dich. Jetz' tu nich' so blöd!"

Ich zuckte mit den Schultern, Kalle fuhr fort.

„Du hast wirklich ‚Moby Dicks' Augen gesehen? Ohne Scheiß?"

„Ja, freilich! Hab' ich doch gsagt", entgegnete ich und im nächsten Moment brach es aus mir heraus. Ich erzählte Kalle jedes Detail meiner Begegnung und als der Pausengong ertönte, schlug mir Kalle mit der flachen Hand auf die Schulter und sagte: „Wahnsinn, Seppl! Echt der Wahnsinn!"

Nach über zwei Wochen im Rhein war ‚Moby Dick' mit den Kräften am Ende. Wir warteten stündlich auf die Nachricht, dass der Beluga verendet war. Ich schwatzte meinem Vater das Kofferradio ab und bei jeder Gelegenheit hing die halbe Klasse in einer großen Traube über mir. Die Nachmittage verbrachten wir jetzt nur noch am Rhein, immer in der Hoffnung, ‚Moby Dick' möge bald seine Kursrichtung ändern und damit noch einmal Duisburg passieren. Wir saßen stumm am Fluss, ließen unsere Blicke wie flache Steine über die sanften Wellen gleiten und eines Nachmittags bemerkte ich, dass die Blicke auf meinem käsebleichen Gesicht aufgehört hatten zu stechen.

Drei Wochen nach meiner Begegnung hatte ‚Moby Dick' Bonn erreicht. Nachdem er sich fast 400 Flusskilometer vom Meer entfernt hatte, drehte er endlich ab und trat vollkommen ausgezehrt seine Heimreise an. Ein kollektives Hochgefühl breitete sich in der

Stadt aus. Ich radelte singend durch die Straßen zum Rhein hinunter, traf meine Kameraden am Ufer und gemeinsam rechneten wir aus, wie lange es noch dauern würde, bis ‚Moby Dick' endlich wieder das Meer erreichen würde. Nach vier Wochen im Rhein war es dann endlich so weit: ‚Moby Dick' glitt in rasender Geschwindigkeit über Rotterdam ins offene Meer zurück - niemand hat ihn je wieder gesehen.

Wir feierten die Nachricht wie einen Sieg bei der Weltmeisterschaft. Am Ufer des Rheins schlugen wir unsere Zelte auf und erzählten uns am Lagerfeuer Geschichten von weißen Walen, Käpt'n Ahab und von riesigen Meeresungeheuern. Ich versuchte unter großem Gebrüll meiner Freunde, das Quieken des Belugas nachzuahmen und das erste Mal in meinem Leben machte ich eine Nacht zum Tag.

Der Morgen danach war sonnig und klar und schmeckte nach Marzipan. Der Morgenwind spielte mit den Blättern der Pappeln, das Wasser des mächtigen Rheins lag friedlich vor uns. Zarte Schaumkronen trieben auf der glitzernden Oberfläche wie Zuckerwatte. Ich saß mit meinem Kumpel Tomtom an der Feuerstelle und stocherte mit einer Astgabel in den Glutresten. „D-d-d-du Hans", sagte Tomtom, „i-i-ich g-g-g-glaube, der K-k-k-kalle, ja? A-a-also der K-k-k-kalle, d-d-d-d-der hat g-g-g-gar nix mehr g-g-g-g-gegen dich."

Ich wollte gerade antworten, als ich Kalle Ackermann hinter uns furzen hörte. Seine Brust blies sich auf, er kratzte sich an den Hoden, setzte sich neben mich und zog den Rotz hoch. Ich drehte mein Gesicht zu ihm, ohne etwas zu sagen. Dann legte er mir den Arm um die Schulter und sagte leise: „Na Beluga, alles im Lot?"

Lauwarmes Roggenbrot

Sogar das Ortsschild war mir fremd geworden nach all den Jahren. Ich trat mit dem Fuß gegen einen Stein und kramte nach dem Bild in meiner Jackentasche. Die Schmerzen in der Leiste waren erträglicher als am Tag zuvor. Am Straßenrand standen Häuser, die ich noch nie gesehen hatte. Der Geruch von frisch gebackenem Roggenbrot stieg mir in die Nase und ließ meine Eingeweide rumoren. Ich hob den Kopf und sah eine Bäuerin mit einem Brotschieber, die gerade einen Laib in einen Backofen schob. Eine junge Frau mit einer karierten Schürze hob den Kopf und lächelte verstohlen herüber. Ich nahm meine Mütze ab und versuchte, mir das Gesicht der jungen Frau in Erinnerung zu rufen. Sie konnte nicht älter als zwanzig sein. Sie muss noch ein Kind gewesen sein damals, vier, höchstens fünf, dachte ich und erwiderte das Lächeln. Dann senkte ich den Blick und schlurfte über den Kiesweg langsam auf den Hof meines Vaters zu.

Der Hund schlug an, noch ehe ich ihn sah. Sein aggressives Bellen vermischte sich mit dem Klirren der Kette. Gegenüber der Scheune standen drei mächtige Linden. Bis auf die Bäume und Sträucher war alles viel kleiner, als ich es in Erinnerung hatte. Siebzehn lange Jahre, dachte ich und verlangsamte meine Schritte. Nachdem ich sicher sein konnte, dass der rotbraune Hofhund angekettet war, trat ich auf die schwere Eingangstür zu. Gerade als ich klopfen wollte, öffnete sich die Tür und ein kleiner Junge trat heraus. Sein Mund war voller Brotbrei und mein Blick fiel auf ein angebissenes Butterbrot in seiner Hand. Der Geruch von frischem Roggenbrot, der aus dem Hausflur strömte, brachte mich fast um den Verstand. Ich sah in das Gesicht des Jungen, der mich ängstlich musterte. Um seine meerblauen Kinderaugen spielte ein Anflug von Panik, als er in mein bärtiges Gesicht starrte.

„Mama! - Mama!", kreischte er, drehte sich um und huschte ins Haus. Das Licht fiel in den dunklen Flur und ich konnte die kalten, schwarz-weiß gesprenkelten Steinfliesen erkennen. Ich dachte an die klammen Füße auf dem eisigen Steinboden im Winter und an den wärmenden Holzofen in der Stube, als eine Frau jenseits der dreißig aus der Küchentür trat. Ihre Schürze war voller Mehlstaub und die Augen waren in ihren tiefen Höhlen kaum auszumachen. Ich stand auf der Türschwelle und zerknüllte verlegen die zerlumpte Mütze in meiner Hand. „Ja?", fragte die Frau und musterte mich mit zusammen gekniffenen Augen. „Was wollen Sie?"

Ich sah, dass der kleine Junge barfuß auf dem Steinboden stand und sich an den Oberschenkel seiner Mutter schmiegte.

„Sie sollten dem Jungen Schuhe anziehen. Er bekommt kalte Füße auf dem eisigen Boden", sagte ich mit rauer Stimme und räusperte mich.

„Was wollen Sie von uns?", erwiderte die Frau. Ich sah, wie zwischen ihren Augen eine tiefe Furche entstand, als sie hinzufügte: „Was geht Sie das an, was der Junge anhat?"

Ich zog die Mütze in meiner Hand auseinander und senkte den Blick. „Ich…, ich wollte fragen, ob sie nicht ein wenig zu essen übrighaben. Ich hab' das Brot gerochen, das frische Roggenbrot und da dachte ich, ob ich nicht ein Stück davon… Ich meine, ich hab' seit drei Tagen nichts mehr…."

„Ach so!", erwiderte die Frau. Ihre Augen zuckten, als ob sie in ein Blitzlicht sehen würde. „So einer bist du. Mach', dass du wegkommst", fuhr sie mich an und trat energisch auf die Haustür zu. Sie hob den Blick über meine Schulter hinweg und schrie hinaus: „Hans? - Hans! Lass Rex los! Hier ist schon wieder ein Bettler."

In all den Monaten meiner Wanderschaft habe ich lange darüber nachgedacht, was mich mehr gekränkt hat. War es das bloße abgewiesen werden oder das entwürdigende du, das von einer Sekunde auf die andere kam wie ein Faustschlag ins Gesicht? Ich drehte mich um und sagte: „Schon gut, ich geh' ja schon. Aber bitte, lassen Sie den Hund nicht los. Bitte!"

Als ich den Blick hob, trat gerade ein Mann in meinem Alter aus dem Stall gegenüber. In der Hand hielt er eine Gerte. Sein buschiger, schwarzer Schnurrbart verdeckte den Mund fast vollständig. Die Schürze um seinen massigen Körper spannte am Bauch und erinnerte mich an einen Zeppelin. Ich machte ein paar Schritte auf den Mann zu und erkannte längst vergessen geglaubte Gesichtszüge darin.

„Hans", sagte ich leise, als ich nur noch ein paar Schritte von ihm entfernt war. Mein Bruder sah mich lange an.

„Jakob? Bist du das, Jakob?", erwiderte er. „Aber du bist doch...."

„Hans", erwiderte ich mit zitternder Stimme und streckte die Hand zum Gruß. „Nein, ich bin nicht tot. Das siehst du doch!"

Mein Bruder umklammerte die Gerte in seiner Hand so fest, dass die Haut um die Knöchel weiß wurde. Seine Gesichtszüge schienen wie eingefroren, als er sagte: „Aber du bist doch gefallen. Du bist doch in Russland. Das haben die uns erzählt, Jakob. So war es doch!"

„Aber du siehst doch, dass ich nicht gefallen bin", erwiderte ich und ließ die Hand sinken. Meine Stimme wurde immer brüchiger. „Ich hab' mich nur nicht heimgetraut, seit ich wieder frei bin."

„Und?", erwiderte mein Bruder kalt. „Was willst Du jetzt hier?"

„Ich dachte", erwiderte ich. „Ich dachte, ich könnte Dir ein wenig zur Hand gehen, hier auf dem Hof. Wenn ich erst wieder zu Kräften gekommen bin."

„Zur Hand gehen? Nachdem du dich einfach davon gemacht und uns im Stich gelassen hast damals. Und jetzt kommst du daher und willst mir ,zur Hand gehen', ja? Wie stellst du dir das vor?" Jakob drehte sich um und sagte zu seinem Hofhund. „Kommt nach siebzehn Jahren einfach so daher und will mir ‚zur Hand gehen‘.“

„Aber ich…“, wollte ich einwerfen, aber mein Bruder kam mir zuvor. „Warte hier“, sagte er eisig, steuerte auf den Hintereingang zu und ließ mich im kühlen Novemberwind stehen. Der feuchtkalte Nebel legte sich bleiern auf meine Haut. Nach zwei Minuten kam mein Bruder zurück. Schon von weitem sah ich die Geldscheine in seiner Hand. „Hier“, sagte er kühl, als er mir die Scheine entgegen streckte. „Nimm und kauf’ dir was zu essen. Und dann…“, fügte er hinzu, nachdem er sich um die Gerte gebückt hatte. „Dann will ich dich hier nie wieder sehen.“

Wortlos nahm ich die Geldscheine an mich und sah meinem Bruder in die kalten, grauen Augen. Ich zerknüllte die Geldscheine und ließ sie zu Boden fallen. Ohne meinem Bruder noch einmal in die Augen zu sehen, drehte ich mich um. Dann begann der Hund wieder zu bellen.

Als ich auf Höhe des Hoftors angekommen war, suchte ich in meiner Jackentasche nach dem Bild. Ich zog es aus der Jackentasche und blieb noch einmal stehen. Die Ecken der verblassten Fotografie waren schon lange abgestoßen, aber die fünf Personen auf dem Bild konnte man noch gut erkennen. In der Gefangenschaft hatte ich das Bild auf meiner Pritsche oft stundenlang betrachtet und jedes Mal stieg mir dabei der gleiche, vertraute Geruch von frischem, lauwarmem Roggenbrot in die Nase. Mit zittrigen Händen nahm ich das Bild und riss es in zwei Teile, die ich in den feuchten Sand fallen ließ. Das Bellen des Hundes hatte aufgehört. Der Wind spielte mit den Ästen der Linde. Bald wird es Regen geben, dachte ich und wollte mich wieder auf den Weg machen, als ich hinter mir schlurfende Schritte hörte. „Jakob?", sagte eine vertraute Stimme. „Bist du das, Jakob?"

Ich drehte mich auf dem Absatz herum und sah in das greise Gesicht meines Vaters. In der Hand hielt er zitternd die beiden Hälften meiner Fotografie. Ich trat einen Schritt auf ihn zu und sah, wie er sich bekreuzigte. Er faltete die Hände und begann, den Blick zum Himmel gerichtet, ein Gebet vor sich hin zu murmeln.

„Vater", sagte ich und streckte die Hand nach der seinen aus. Mein Vater bekreuzigte sich wieder, breitete die Arme aus und dann nahm er mich das erste Mal in meinem Leben in den Arm. Für einen kurzen Augenblick spürte ich sein Herz an meiner Brust klopfen. „Komm' schnell ins Haus, Jakob", sagte mein Vater leise und ich sah, wie seine Unterlippe dabei bebte. „Das Brot sollte noch lauwarm sein."